掌心的白银纳

PALMED BAIYINNA

林建勋·著

HEUP 哈尔滨工程大学出版社

图书在版编目(CIP)数据

掌心的白银纳/林建勋著.—哈尔滨:哈尔滨工程大学出版社,2018.4(2018.8 重印)
ISBN 978-7-5661-1843-1

Ⅰ.①掌… Ⅱ.①林… Ⅲ.①诗集-中国-当代 Ⅳ.①I227

中国版本图书馆 CIP 数据核字(2018)第 035320 号

选题策划 张 玲
责任编辑 张忠远 周一曈
封面设计 Amber Design 琥珀视觉

出版发行 哈尔滨工程大学出版社
社　　址 哈尔滨市南岗区南通大街 145 号
邮政编码 150001
发行电话 0451-82519328
传　　真 0451-82519699
经　　销 新华书店
印　　刷 北京中石油彩色印刷有限责任公司
开　　本 850 mm×1 168 mm 1/32
印　　张 6.75
字　　数 96 千字
版　　次 2018 年 4 月第 1 版
印　　次 2018 年 8 月第 2 次印刷
定　　价 34.90 元
http://www.hrbeupress.com
E-mail:heupress@hrbeu.edu.cn

目录/Contents

目录/Contents

目录/Contents

第一卷　窗子外面的风

旧　钢　琴

叶子落了。一架旧钢琴
头重脚轻。弹是必要的
发出沙哑的人声

地平线,如一只天平
一头触地,另一头
支向天边

万物都在走钢丝。从东走到西
中间要停一停。调整
内心的砝码和平衡。或者——

落下去，像一片叶子
在旧钢琴里弹——
浮动、腐烂和遗忘

而身后的村庄，像上帝
伸出的一只手，在不间断地拧紧
炊烟的发条

窗子外面的风

树上的风走了
黎明时,又折回来。继续吹

风遇见了蛙鸣、篝火
和星辰。在黑暗里繁殖

我梦到失眠。像揣着牧笛的孩子
在天边。数翠绿的鸟鸣

把心打开吧,让孤独
出去。让我们重回,儿时的游戏

而睁眼却不见你
只有窗外的篝火和星辰,彻夜闪耀

只听见牧童的笛声,吹动天边
起伏的蛙鼓,和翠绿的鸟鸣

你走了,像风一样。但不准备再
折回来。就算我失眠,也不能遇见你

夏天一瞬就成了秋天。灵魂也
随你走了,像一个稻粒,寂寞地,走出稻壳

清明时节

几杯酒就醉了。雨还在下着
身体里的火势不减。在旷野
我一次次弯下腰去
胸腔左偏上,莫名的疼

坟上的蒿草,几度风声,就有几度荣枯
而我不如它。在尘世
我骨头太硬
直来直去,不懂得伸缩

坟边的松树,又高了一截
举起更宽的手臂,更密集的松针
而我不如它。我只长刺,只会
受伤,却不会缝补

碑石还是那么挺直。某某的生卒,已被
擦除。旧坟牵着
新坟。像我远处的村庄
在雨声中,一截截矮下去

待在里面的人,那么静。静得没有呼吸
我不如他,所以无限地走近他。越来越
缓慢的躯壳里
只驮着几杯酒,一场雨,一口气

那棵樟子松是我，也是你

呼塔公路上覆满泥沙
泥沙之上
是飞扬的尘土和梦幻

一棵樟子松，在公路边
头颅已死，只有枝干
还活着，伸出
若有若无的叶片

我经常在这棵樟子松旁经过
我望着她时

她也望着我。像望着
镜子中的自己

这么多年。她绕着原点
我绕着她
我感觉她就是我,也是我们
顶着无尽的风雨,若有若无地活着

请不要忽略微小的事物

有些事,是你必须面对的
比如刚刚吹过的
那阵轻风,带着你
看不见的薄霜
它让我呼吸局促
让我的白银纳,弓腰
打了好几个喷嚏
请不要忽略微小的事物
针尖掉在地上
也会令我的心猛揪一下
令我身后的北方

轻颤后

又挪出一个孔洞

走

父亲说,走
白云就漫上了山坡
父亲说,走
落日便坠入深谷

而父亲慢慢老了
血栓封堵了他的筋骨
“走”字在他嘴里,越来越纤细

而我变成了那片牧场
我心里的羊群

只有父亲那声响亮的“走”字
才能够支配

最　初　的

小英,你看。雪是
由心而发的。那冷、晶莹和白
从天上,到人间

这是最初的
而绝不是最末的

小英,我不敢看它
就像我不敢看,你脸上涌落的
万千娇羞

一口一口的

泡一壶茶。生命从
漂浮到寂静。一大口一大口
倒进杯子
一小口一小口
触及味觉

写一首诗。前倾
并摇晃身体。一大口一大口
把年轮蜕皮
一小口一小口
精细地分行

风尘的筛子,由热
转凉,由胖变瘦
实在漏不出来,就再泡一壶
慢慢沤着

韭　　菜

韭菜是个恒久的谜题
被一茬一茬地猜
轻描淡写地割

种下茅屋、鸡鸭、落日
种下故人、新人
种下循环

路途把刀锋，越削越快
贴近脚踝部
旧爱上的新欢

微辣,微甜,微锋——
一部完整的乡村史,被一片
柔软的韭菜叶,挑在空中

网

一根独木,从江岸
伸向江心
你站在
独木的尽头
张网,补网
网中的四季
早已备好
在倒影中轮回
江风浩荡。水面
空阔
独木支撑着

单薄的身体

鱼死网破的生活

从殡仪馆回来

冷啊，真冷。从殡仪馆出来
夕阳，火红——

像我不小心，从棉大衣上
抖落的一枚扣子

我不自禁地
抱了一下，自己

无能为力

对于风,我无能为力
对于世界,交替的
静寞与喧嚣
我无能为力。对于
生命的若即若离
我无能为力。我只是
一片叶
随春风来,秋风去
但我不是唯一的一片
我把旅途的呼喊,都写在
叶脉上

任路过的时光
把它们装订成册。有时
烂于泥土
有时挺在枝头
你看或不看,它都是
美的。你翻或不翻
我都无能为力

那　些　草

在乡下,那些草,都是
我的亲人,弓下身,脚踝迎着
时光的刃,斩草
而不除根。在田野,风吹草低
草的空旷,摇响大地的空旷
一棵草在田垄的孤独,就是一个人
在人群的孤独
在医院,病床上的爷爷
慢慢褪尽了绿色
只剩下一副柔软的骨架
他说他看见了

一把锄头，从锈迹里
探出芒，正在切割他
剩余的疼。语言的磁性
从床中移到床头
父亲和我
像两根草，无助的根须
用叶片里的水
紧紧握着

北　红　村

石头的地基,蹲着
木质的招牌。旅游的笔画
一撇一捺是荒草
连起的荒草——
这最北的空虚

一条沙石路,村庄
肚子里的蛔虫。从东
爬到西,探听
过路者的虚实——

沿街的半俄罗斯血统,只提供
高价的温饱
但没有公厕,只能借道
向南——
迂回着倒退

此　处

此处,应该有冬天
零下的梅花
沿时光的斜坡
滑下来。云的寺院
坐在红尘。睁开
是钟声。闭眼才是
佛陀。此处,应该有瀑布
盈在眼底是水
落下来是繁花
你仍在花下顾盼,我轻舟
已过重山

此时，应该有炊烟
从低处升起
仿佛上苍续给
人间的香火

落　凤　坡

当地人虔诚地称之为
落凤坡。慕名的游人
把它叹为神奇。我经常
来这儿，总见一群鸡
在草间觅食
我来这儿，与凤无关
是因为在落凤坡
旁边，有我几亩
糊口的薄田

又见花开

顺着斜坡,蒲公英先开了
接着是山丁子花,稠李子花
最后是桃花

置身于花海,却没闻到
花香。满坡都面带笑容
被蜜蜂和蝴蝶围绕

我也折一朵花,插在头上
攀上山坡。像一朵真正的花那样
又开了一次

我心里长着一根毒草

锁芯是圆形的，钥匙
是扁方的。需要插入，旋转
才能打开，隐秘的崎岖

山水是流动的，雾是
缠绕的。我一再侧身、手舞足蹈
以驱散，浮于世事的内障

网已提前撒好。打捞鱼
或者空。从此岸到彼岸
路张开锯齿，也藏着药效

“我身体里长着一根毒草
拔除之前,我想
抱抱她”

银　海　滩

在夕阳将尽未尽的时候
沙子被揉得越发细碎。银子的光
一粒挨着一粒。站在海边
我呆呆地看着,一场
不用着装的
盛大的聚会。看人们怎样从男人和女人
变成一个孩子
看一汪汪茂密的蓝
无尽地冲刷并
缝合起贝壳一样玲珑
又清脆的笑容。我的心忽而

一片片俯下去,平铺成
那阔大无边的海岸
任海水缓缓
出槽,又脉脉回归
我的松弛的骨架,变成一艘泊在
岸边的船,那么静
那么明亮,仿佛从未远航也
从未被撕裂

这　一　刻

多好啊。清晨来临，阳光普照……

揉揉眼，长吁一口气——
我的世界还在。仿佛
一夜的睡眠。仿佛半生的辗转
均是为着这一刻的醒来
哦，还活着
我便可以继续去爱，便可以在
无尽的琐屑里奔波
你不知道，我是多么地眷恋
空旷的天地之间

这微小的尘世。每天,此时
我都屏息,凝神,外面的尘烟
尚未被喧嚣溅起。妻子在
锅碗瓢盆间轻巧地穿梭
孩子在梦乡里,喘息均匀
窗外的树枝和鸟影
在风中摇晃。那清亮的光线
填补在隙缝间。它并不是棉布,而是
穿着细线的针脚

多好啊时光延展,生命纵横……

那面山坡

那面山坡是通神的。斜度
刚刚好。适合饲养草木
五谷，和贫穷

适合放牧羊群。风
似有时无。说吹，不如说缓慢地
弥漫。带着济世的疲倦

在斜坡中间，搭一顶
凉帽，面朝天空的
起初是我的父亲

现在是我,以后将换成
我的孩子。从远处
你看不见我们

只能看到羊群。像云朵
像雾锁,像神
随意地微笑——

它不属于人间

登临极顶

登顶,不是为了朝圣,而是
沐浴一片清风
十万里清风,推动着洪水
浪潮在心里,冲击一次
崖壁,就掉落一截
一架巨大的天平
重心松动
由表及里,砝码一退再退
无法后退的
是山的一头散发
肢体已经悬空,只剩下

最纤细的一根，紧紧拽着
白云上的天空

山　　坡

山坡给了我两种可能:爬上去
或者滑下来。这要视
命运而定
山坡提供了三种事物:季节,荒草
和你。构成了
我生活全部的要件

爱是一支长筒猎枪,你把重心
压得很低。扳机扣响之前
一切都安静下来

我选了山坡的第三种可能:在半山腰
建一座茅屋,不上也不下
恰好在你的射程之内

恰好度过一生。我得到了三种馈赠
呼啸的子弹,火热的枪膛
和等待被命中的快感

我所期待的,并不是雪的白

落雪了。在冷得打战的北方
水开出花朵的尘世
说不清,是我追着温度
还是温度追着我——
我披着单薄的棉,慢慢
穿行于生活
满眼都是恍惚的白
呈现,覆盖
房屋,山川,喜怒,爱恨
我经历过的,和未曾经历的
都被涂上一样的颜色

而我知道,这美丽的
附着于事物表面的白
终将退去。唯一不变的
是万物之心,从高处
自由落体的
轻和慢

那 一 年

那一年，水米不打牙
我偷了二柱家的十斤米
被村庄的闲言碎语，一口口
啐在天上

那一年，我负气出走
年迈的母亲趔趄着
把雪地上的两行脚印
哭成号啕的目光

那一年,我把命拴在腰上
一场轰轰烈烈的孤独
随城市的脚手架
昼夜不停地升降

那一年,我多次,在梦中惊醒
用矛盾捻线,用意念穿针
疯子一样,把雪地上的脚印,缝成两根
坚硬的铁轨

磨　刀

这些年,我如刀,被按在磨石上
来回蹭。把棱角去皮
把刃削尖。父亲说
好钢都在刃上
这些年,我挥刀如雨。砍世界
但更多的是砍醒自己
父亲说,尘世是一块
最好的磨刀石
这些年,我出刀,收刀
刀钝了磨,磨了钝
父亲说,手中无刀

才是用刀的最高境界
这些年,我像一株草
默默用薄了风雨。精神的刃卷了
父亲说,没有钢的刀
就是一堆废铁

下雨的时候

下雨的时候,心是
干燥的
我坐在白银纳,想
望奎的童年
绥化的父母和
远在浙江的二哥
想着想着,就流下了眼泪
就流着泪,接着想
不知为什么,这些年总是
雨声不断
先是溅起尘烟,然后是

奔跑的脚步
我知道,也许并没有雨
是我的心,反复
虚拟了——
无尽的孤独

颠　　簸

从漠河县城到石林，都是些
过路的石子。敷在
自然的疮面
车子删繁就简，座椅频频
升降，蜷曲，剃去
文字的浮华
一块顽石，从朴素到神奇
须经过锋利的刀，连番劈入
打磨，切割，模拟
死而复生状。尘世
总有那么多次

身不由己,撕裂
是最简单的筹码
一百二十公里,投奔
水的波澜
颠簸的不是车子,是现实
对原始的追溯
是视野里
一再闪躲的白桦
和落叶松。是一个北字
在石头内心的阵痛

雪

那么慢,那么轻
仿佛
晶莹的爱,能上天
能入地,能扬在
风中
你无法预知
这轻和慢,会披在
谁的身上
在谁的心里
攥成泪水
抑或

被哪一双脚

蹚出

一条漫长

浩荡的弯路

落　叶　松

不飞，是因为群山的围堵，流水的
回旋，花草的膝下之欢
爱与恨的盘根
错节。不走，是因为
与风相约，与石头
结下孽缘，与雾终年的苦痛纠缠……

不是不想走，多少次
在梦里出走
都被自己，良知的针叶
扎醒

不是

不想飞,这些年

飞走的同伴,都变成了张家的房梁,李家的

面板,赵家的筷子

剩余的,被捻碎的尸骨

和着生前的血和泪

压成白纸,此刻正被你团成团

丢进

垃圾筒

像一只碗

命里是一摄土……

被设计,被拿捏,被染色,被淬火
被贬入尘世

盛水,盛酒,盛米粒
盛吃剩的骨头

被频繁被举起。这该死的命啊
有时被愤怒地摔碎。有时是颤巍巍地落下

不许碰——
那些锋利的碎片

命里是一撮土，就应回到土里

端　　午

这个端午,无工可打
工地旁边的长板棚
无法罩住内心的空虚
这个端午,我努力
压抑着自己
不去想《离骚》
不去想粽子汁和糯米
不去想千里之外的妻儿
这个端午,我只与
藏在云层后的太阳
相依为命

只接你的电话
听你附在我耳边说
别写诗了,写诗
也填不平
汨江的饥渴
而后,静听电话那头的忙音
像窗外,怎么拍打
也不肯
睡去的雨声

江　　湖

走着诵经,不停摇晃身体
像一个人从酒馆里出来
平复胃里的霸气

天还没黑。还有一段时间
放纵。像街道上所有的
武功高强的人一样

把刀藏起来。只驱动意念
打打杀杀。把众生
一个接一个,撂倒

再站起来，血肉模糊地走
手压在胸口，嘴里默念——
醉是江湖，醒也是江湖

第二卷　车过白银纳

弯　　处

我在走,弯处的一棵白桦
在咳。我停下,它还在
咳

站着咳。用去皮的躯干咳
用枯瘦的枝条咳
咳出风,咳出郁积的肺炎
咳出最后的
枝叶,和血

一声叠一声，撕心裂肺地咳
尖尖的啸音，抽打着
深处的寂静

在弯处，我久久徘徊
面对生活，我总是这样
走也不是，停也
不是

树　　墩

看见一截树墩,在荒野里
沉默。沉默是它的根须
风中喧哗的岁月,已经远去

道路与它无关,情爱与它
无关。在白银纳,有多少神情相似的树墩
如密布的暗礁,在村庄的视野之外
慢慢产下青苔和虫卵

我不知道,一棵树
变成树墩

应该欣喜,还是
悲哀。它年轻的头颅,甚至还无法
擎起苍天

一截树墩,在荒野
多像一个人,猛地蹲下身子
因此,我怕走夜路
我怕走着走着
有人忽然从暗处蹿起来,高喊
我的名字

车过白银纳

塔河到呼玛的公路真长:山连着山
森林之外,还是森林。我的白银纳
隐藏在绿荫的深处

60 迈的车速,经过白银纳只需半分钟
半分钟的白银纳,你看不清
我的乡亲,常年裸露在风尘中的脸
一群鄂伦春妇女,坐在道路两旁
微笑着,制作桦皮盒
面对生活,他们不会轻易侧过身去

你看不清,一个孩子,轻轻地弯腰
扶起刚刚被狂风抽倒的草叶
一头刚犁完地的牛,在河沟里咕嘟嘟地饮下
无边的愁苦

你甚至看不清,这些简单的房屋,纯土木的表情
车子呼啸而过的瞬间
一些白桦树,慌乱地躲在落叶松的后面

请慢些吧,再慢些。仔细看一看
这些朴素的面孔吧。我是如此地爱着他们
我的爱缓慢,卑微,简单。只要稍一驻足
你就会发现,我的爱
比终年漂泊在头顶的雾气,还要绵长

中年之境

开始研究
动与静的问题
船泊于岸。海水在涨
一棵草在路旁,欲静,而风
不止

开始蹲下来,尝试变成一根草
随意地举起双手
身体随风,倾倒或站立
别人以为我在飞
其实只是心在动

开始习惯于一间
幽闭的屋子
茶在杯里颤动
回忆生长与变绿
对应的
泛黄和凋落

秋后的白银纳

秋走后,白银纳,唇目微启
耸了耸版图上的鸡冠
擎起了北部,廖远的天空

昼夜失眠的萨满调,如
木拌子的火
不停翻炒
时空里的盐

多么静。山攥紧石头
石头攥紧树
树攥紧，神一样的空旷

梦　之　外

遥望远山,永恒的黛色
喷涌,弥散。仿佛
神在走笔
一轮清新寡欲的太阳
就这么轻易地
被它衔在唇间
巨大的鸟影,从梦幻处
起飞。梦之外
是更远的远山
与我,隔一截虚空
与想象

挥动吧,尽情地摇摆
那彻骨的风声
当我纵横,远山的苍茫
就会图腾如马
斜入我的胯际

这个上午我顺着河岸走

这个上午,我顺着河岸走
流水自上而下
像一个人在抚琴
不急也不缓,节奏
恰好罩住整个河面

这个上午,我只看流水
只顺着河岸走
水在我身边流着
不急也不缓

这个上午如同流水
来自秘密的源头
抚过河面的一阵琴声
恰好罩住河面
此刻无风,不起浪

白　银　纳

这个地方不同于其他地方。山与山
如此兄弟地握着。飘在山腰的云
仿佛你掌中,永远挥不去的儿女情长
这个地方。马都是骏马
张开的四蹄
一停一顿间,溅起了山川
马背上的汉子
是一棵快速移动的树。从这里到
那里,荡开郁郁葱葱。
这个地方,白银纳
从民俗襁褓里脱胎的婴孩

正缓缓地伸出双臂
胸怀里早已纳下了整片江山

一棵树在红尘中洗净自己

一棵树在红尘中洗净自己
不是件容易的事。它需要在风中
不停地摇摆,以避开旧的和新的伤痕

这是白银纳的五月。打开窗子
你仍旧看不清,一棵树的孤独
只听见苍老的关节,在寒风中
发出噼啪的轻响

谁愿意在原地待一辈子
谁愿意在酸甜苦辣的尘世,一声不吭

谁又愿意剔除血肉中的情爱
只剩下简单的守候

五月的白银纳,我看见一棵树沉静的眼神
水一样漫过我的童年、少年
瘦弱的村庄以及土地辽阔的贫瘠

一双干巴巴的手掌,捧出年轮,播下绿荫
枯瘦的躯干慢慢弯下
倾听远方的草色,齐刷刷
喊出思乡的路

清晨素描

一只轻捷的燕子,口衔
新鲜的泥水。往返的羽翼
擦燃了白银纳的天空,草举起
鹅黄的草色。轻枝托起鼓胀的芽苞
一条山间小路左拐右绕
倏然不见了踪影

微微的风吹着,半裸的胸襟
敞开。暖暖的阳光照着
融化心里的坚冰。水的波浪
向远,条条纹络都溢满欢笑

万物呢喃
弹奏爱的和声。如黛的远山
使劲地挺了挺腰
仿佛在喊
高处的那朵云影

劈柴的人

没有火的夜晚,树木是凉的
冰凉。站着或倒下
它的肢体和内心
坚硬。风仍沙沙地絮语
仿佛抱怨,花期
已逝
他缓缓转身
举起斧子,全部的筋骨
弯成弓。力量飞溅
我久久凝视,却
什么也看不见

这个夜晚,我期待
更细小的刀锋,劈开
我的肉体。天亮之前
他安静下来。而此时
他身后的碎片
已码得很高

门

一扇门，一片没有
涂抹油彩的木纹
来自于乡村匠工的眼光
锁在锁孔里
简单的圆形
旋转出入的节奏
站在它面前的人
驮着简单的躯壳
和几十年的光阴
指间的钥匙是崭新的
仿佛从未使用

阳光低头
在阴影里复原时光
钥匙插进锁孔
思想侧身
命运钻进一个人的身体
没有再出来

幸　　福

谁走进了我的屋子
蹑手蹑脚。我看不清
她的容貌和呼吸
她一进来,就到处飞
像天使,扇动美丽
而薄的羽片
她说:爱
话语是无声的
她说爱。清凉
传递到每个角落
她在茶水里加入了甜

在灯芯里挑燃了亮
在我的身体里
添了一层棉。最后
她在展开的纸笺上
写下诗题——
只有两个字

穿　　梭

从未破解，高山和峡谷
犹如站在时光的悬崖
你如一只飞鸟，姿势
可高可低

从未破解，醉与不醉
犹如春天在南，秋天在北
你如一阵风声，速度
可快可慢

从未破解，来与去
喜与悲。犹如世间万物
你如轻轻的一片柳絮，沉浮
可有可无

从未破解，爱的秘密
犹如远方已远。你如尘世
一根漂泊的细线，穿梭
千里，寻找自己的针眼

204　室

五年前，我作为客人
来到 204。办公桌深陷在
文字的海里。一个公人
从杂乱中起身，倒水
向我微笑、寒暄

一年前，我作为主人
进入 204。办公桌深陷在
文字的海里。我时常
从杂乱中起身，倒水
向人微笑，寒暄

五年前,那个公人
送我出门时,我频频回头
一年前,我送他时
他像,他怀里的纸盒一样轻

一年后,我从 204 离开
抱着一个轻轻的纸盒
没有人送我,我也
始终,没有回头

在　乡　下

风总是这样,低低地催促
红尘的脚步。收割机的嘶吼
所引发的共振,如巨大的海啸,建立并
摧毁。而田野的磁性
始终在满与空之间
徘徊不决。在乡下,一阵普通的秋风
就能轻易地收走,一个人
命里的黄金。剩下的躯壳
依然站在风里循环
悠荡。在乡下。每棵稻谷
都在咬紧牙关,坚持

死去多次。每一次,都强忍着
分娩的阵痛。无边无际的田野
被母亲放在锅里
不停地翻炒
无边无际的生与死。被一把铲刀,换算成
纤细的炊烟
在空中,反复轻唤那些
飘零的种子,回来
入土为安

桃　花　潭

桃花向我走来
有时在庙堂,有时
在乡野。桃花
笑着向我走来
花瓣是涟漪
花蕊是
藏好的毒
桃花不谈友谊
只低低地说
爱。边说
边一片片脱去

花瓣。我居住在
桃花潭边
每天用潭水洗菜烧饭
不知不觉地
把人世,深逾
千尺的毒
一朵朵饮下

桦皮烟盒

颤巍巍，你从服饰里，取出
烟盒。桦树皮的琴谱
被民俗十指连弹。古典的弦，由浅黄
变成深灰。祥云图偎于原始的构架
一瞬翻越千年
爱的枝杈，频繁伸入
虚空，掏流水的花瓣。一支烟含在嘴角
眼神变得晦暗而迷离
皱纹里横亘的所有尘粒
力道大于
四维的张力

向圆心聚集,再慢慢吐出
烟雾所产生的幻觉
清晰如孩童
抛出的纸飞机
马嘶鸣,驮着丛林里
狩猎归来的风声
一切尽可触摸,犹如佩戴烟盒的人
远逝,又重新回来

开　江　祭

4 月 28 日，宜出游，宜祭祀
阳光洒下普度的针眼
深一米的冰最先开花
水开始循环
宗教、经卷，以及触摸不到的细线
在不断撞击中破碎、消融

“爱，就要倾尽全力”

萨满身体里的小狐仙，需要搭祭台
膝盖贴着卵石，怀着万物有灵的诚心

祈愿的跪拜，黑压压的一片啊
经历这一切的人，在上游与下游之间
来回走动
他们带来了什么，又带走什么
除了敬畏，除了
衣袖里的风
和对五谷丰登的
憧憬和倦意

不　　够

光听到风声是不够的
还要研究,风的走势
和方向
还要站在桃树下,接受
落日的锤打
光看见流泻的美,是不够的
还要寻溯,灿烂的根源
老扶幼。古携今。浓绿牵着
淡粉
光仰视是不够的
还要低头,倾听凋零

也是一树一树的,满树的残花
对泥土的侵入
是缠绵的,入骨的

锯　木　声

锯木厂在办公室附近
方圆一公里的厂房。我曾迟疑
却从未敢走进去。只是
在办公的间歇，听隆隆的声响
想象木头在脚手架上的翻滚

我从来不敢走进去
我怕看见那个眉眼斑驳的老人
目光凝重，动作木讷
神一样操纵着一切
他是我的表叔，一生都在锯木头

到头来,一截截
被木头锯断了自己

我不敢去。我怕他
拉着我的手反复说,人不像木头
生命的剥离,是悄无声息的。淬火成灰
也是悄无声息的

子 丑 寅 卯

子时，我出生
她问我，怕吗？
我哭了
丑时，我开始练习走路
她问我，怕吗？
我说不怕
寅时，我学会避让
她问我，怕吗？
我说怕
卯时，我将要离去
她问我，怕吗？

我笑了
其实,我从来没有
这么怕过
因为我比任何时候
都眷恋,这隐匿于
怕与不怕之间
只盛得下
子丑寅卯的尘世

在桦皮工艺室

事实上，我从未
到过这里。恢弘的
第九交响曲
透过黑白琴键，把每一次
震感，递到心坎里
是的，震感——
原始的白
与黄，辅以
现代的针脚。让桦树的毛皮
转身。而艺术的喉咙
为谁而歌？剖去

表面的光,多少
曲曲弯弯的
山路,仍走在途中
多少民俗的忠骨
默默尾随。在桦皮工艺室
我和我们,从面具后伸出手指
戳向一块块碑石。碑纹静寞
像赞美也像
悲戚

半　　坡

是幽处的笛音，一路
扛着风，攀上石阶
风怀着石头的骨血
边用荒草埋葬，边挥刀
刻下入骨的碎纹
山站着，被春光
刺了青，贬入时空的
雾沼。从此左脸锦绣
右脸空旷。白银纳，陷在幕布后的
半坡。挺了几世的腰
却怎么也，够不到

峰顶。遗落的几间

木屋，几碗红尘。如一柄

桦皮的折扇

慢慢地摇，云缝里

漏下的光

和深不见底的斑驳

桦皮摇篮

被指点和抒情
是短暂的。从审美角度看
它适合摇晃。并带动岑寂的山体
摇篮曲连接着皱纹的光盘
长眠于石缝
冬天最后一堆冰雪
退无可退,就抓住了
曲曲弯弯的山路
锯齿与锯齿咬合
无文字的历史
陷于夹缝,用空间

互换时间。婴儿的叫声
呈稚嫩的圆锥形
在秋千上,反复浮现
像一片草叶,想逆风
高过博物馆
角落里的春天

赠　　予

近处是远山,远处还是
远山。山与山
被终年不散的雾握着
雾的下面就是
白银纳
在山顶,你寻不见她
在深谷,也找不到她
白银纳隐身于
轮回的草木
我是草木的骨血

我捧出微小的苍翠
她赠我一世的蜿蜒

我如一片叶

秋境迷蒙。意微阑
收获后的茬口很尖
向着无垠的空阔
落叶坠得很静
静得听不见蜷曲
我曾经被频繁升降,在迷茫中
慌不择路
我也曾被无数次收割
露出尖尖的茬口
而我是那么轻,轻如一片叶
躺在更多的叶片里

天黑前,会有一辆重型货车
经过这里
驮着满满的乡愁
我已经死过一次,不会再死
只是那沉重的车轮
会把我未了的眷恋
辗得更薄,更平整

江　　山

一把椅子就是一座江山
我稳稳地坐在上面
等雨落。等
时空飘摇
听雷电在云端
金戈铁马的掩杀声
等雨停。等
万物归位
看彩虹深深地弯腰
抱紧雨后的天空

遍地花开

花能开的都开了
多而杂
像一群孩子
顺着山坡
灿烂地奔跑
路是石头的。一阶一阶
离天空越来越近
云朵也是花,有时茂密有时
稀疏
那么高和远
春天像个弹力球。被风

轻拿轻放

引导着花瓣,和色彩

找思乡的路

桦皮剪刻画

两行白露,四叶
柳梢。一幅水彩未干的油画
几条可供聚散的曲径
指向内心的幽处
时光被摊开
桦皮,像一张白纸
被清晨的风
刻入山岭和马蹄
女人三三两两
提篮顾盼。箭在弦上,射不射中
无关紧要。果实遍野

进不进入饥肠，也
无关紧要
重要的是太阳，挂在山腰，不升也
不降。一如
无棱无角的相思
昏黄地照亮
民俗回家的路

红　　尘

最先陷落的，总是
低处的花草，而后才是
树干和山坡。雾
锁紧的谜局，幽深的
小径是出口
鸟鸣牵着枝叶
枝叶牵着风
不停地转弯，转弯
一路红尘，由低到高
起于飞翔。又由高而低
止于飞翔

一　华　里

今天，没有故事
起床，穿衣，吃饭，上班
生活如一杯水
溅不起微澜

还是那条路
像一匹忠实的老马。这头到那头
只有一华里。风雨无法改变
它的笔直和弯曲

往来的车辆,让我的身体不断地
向右倾斜。垂首,陷入沉思
抬头,在尘埃的缝隙中
揣测方向

仿佛生活,只有一华里
从这头到那头,再从那头到这头
这头是天明
那头已指向暮色

今天,没有故事
继续走路,写诗,变老

没有什么不能

没有什么不能留下
琐碎的星空,凸凹的
地平线。母亲伸向日历的手,那颤巍巍的
褶皱,带着唾液的咸和
纸的锋利。没有什么不能打开
楼梯的旋转,雾霾里的
耳鬓厮磨,可以更长些
那些道路,从宽广到
羊肠,文字被反复挤压,发出
沙沙的摩擦声
没有什么不能失去

悬在你头顶的那束光，带着
与生俱来的牵绊
和不舍。花瓣凋落之前是蜜
果实里藏匿着酒
这个世界，唯有
无声的爱，像雨刷器，让存在眼窝里的水
擦除后
再重新蓄满

第三卷　与萨满对话

素描　老萨满脸谱

需要牛,和一副沉重的犁
犁开鲜嫩的皮肉。需要
蒲公英的花,开放八十次
黄和苦一点也不退色

需要抽刀断水的痛,花香和
鸟语的琴瑟合鸣。需要
风敲神鼓,缓慢地
缓慢地,揳入灵魂的力

需要山川,在雾气里自由泼墨
猎马,沿贫苦的缝隙驰骋
需要水,不断缝合
通灵,但持续
滴血的伤口

需要你一直 ,在白银纳行走
背影越来越小,融入尘土
需要你忽然回眸,让穿梭的时光
好好摸一摸,那张平凡到
惊世的图谱

萨满的眸光

最美是你,深陷的眸光那么静
是花开半夏,慢慢
研磨出的静。是露水珠,在柳叶上
轻轻颤动的静。是世间万物
了然于胸的静

是深是你,凝神的骨架
那么静。是 150 厘米
中空无琢的静
是水滴石穿的静。是
风吹草木,枯叶

回归尘土的静

那凝神的顾盼
有多深,就有多美
那醒世的潭水
有多清澈,就有多爱恋

苦　　渡

没有什么可掏了。剪刀,马尾线
毛皮的边角料。森林的词典里,一棵
微小的草,都带着神谕
按下开关,篝火映红
祭熊的舞步
世袭的呼玛河。醒来是水
醉了还是水。一匹翻山越岭的马
驮着子弹和悲悯
它肯定不是第一个
到达这里
山与山之间是山

人与人隔着道德和筹码
在昏暗的小酒馆,频频举杯,明月不来
苍茫仍将继续。今夜,我对灯起誓
不再做鬼。只做一个普通的
撑篙人。驾一叶
轻巧的桦皮船,把今生渡到
来日

最后的萨满

经常被拜访，有时是领导，有时是
专家和游客。这一次是疾病
透明的药液，顺着纤细的管子
滴落下来。仿佛
传奇的光阴，又重新回到身体
谈话仍在继续
她躺在土炕上，在镜头前，小心地藏起
脸上的皱纹
“她曾无数次治愈过
白银纳的山水和这个多灾多难的民族
却唯独无法治疗

时间留给自己的顽疾”
“她的存在是国家的,也是世界的”
当被问及她统领的小狐仙时
她的表情重新被点燃
随即又暗淡。瘦弱的身子向里
缩了缩。手颤颤地按住胸口
好像怕护佑众生的神灵
一不留神,就从衣袖里飞走
再也不会回来

孩　子

我熟悉那个摇篮,在
展览馆的角落,昏黄的
光线下。静得像钟摆
更熟悉它的,是眼前
这个衣衫褴褛的
鄂伦春老妇人
怀里紧紧抱着
棉布枕头,手有节奏地拍
嘴里哼唱着
孩子的乳名
三十年。她每天

都来这儿,做同样的事情
不在这里的时候
就在街道,追逐
每一个过往的行人
轻轻摇晃他们的身体
嘶着嗓喊:孩子

剩　　下

野旷无人。梦幻只剩下
天边。绵延的,卵石的岸,只剩下你
像一艘被掏空的船,仅用
破败的骨架
撑起天地。像空阔的楼群脚下
唯一的斜仁柱
只剩下肉身里,三分原始的锥形
显得那么突兀,又自然而然
让我相信,万物之心
就是仁心。世间最柔软的莫过于
你眼里

盈而不落的水。莫过于你口中
通灵的喃喃自语
仿佛微风轻轻
拂过众生
一江冰水向东
滤净薄纸上的泡沫。仿佛春日的芽苞
抖去浮尘,只剩下遍野
令人心颤的神谕

隐　身　术

从今天起,道路开始
练习隐身。云落下来,不再是雨
而是微酸的沙砾
从今天起,你不用相信
你所看到的。那些
一再被使用,并无限度
加码的化学剂量
足以让人性更薄,让你的亲人
慢慢成为故人
从今天起,把所有的白天
当成黑夜。你沉于秘境

练习隐身。你是
公认的忍者
堂而皇之的乞丐
在密闭的城市,席地
睡去,或者醒来
只把破棉絮,和一个
孤傲的背影
露给世界

祭　江　神

天道酬勤。四月布施
一江春水破茧

网已撒下。咬碎坚冰的鱼
开始撕咬网线

岸边空地上,萨满
割破鱼腹,祭江

血与水渗透,来日
会泛出一茬新的绿意

萨满雕塑

远看,她是一块
入定的石头
被风吹。被众生围观。被光之刃削磨
吐纳却无语
仿佛在默诵山水的经卷

近看,她是一个
低头的人。凝神查补尘间的漏洞
为斜仁柱
披上飞翔的毛皮。为疾苦
找悬壶的药

为密不透风的墙雕凿一扇门

而闭起眼,她成了一座从低谷
缓缓升起的山峰
被尘世的薄雾围绕
那一山移动的草木,是多么幸福
怀着
蓬勃欲出的痛

爱是多么隐秘的事

你站在那儿,眼神
低低地,望我。在白银纳
吉雅希广场
你站在针眼的远端
目光如狭长的双指
默捻草木,柔软的碑文

这么多年,山是苦口的药
路是蜿蜒的毒
我们不停扬鞭
在原始林地中穿梭

一边治愈,一边
埋下病根

相爱是多么隐秘的事
这么多年,我与你
近在咫尺。却从来都是
你浮在山坡,我沉于低谷
从来都是,你放你的羊
我磨我的刀

没 有 人

没有人醒来
看看,高大的空枝上的
一堆小雪
形色悲戚的鸟儿一样
它的脖子,一直在努力伸长
鸣叫。像普慈寺
从未被敲打过的钟声
寂静而无所依
它从未展翅,却无辜
散落。摔成白的
粉末

没有人看看,这些
破碎的光阴
在哪个诵经者的双掌间
渡成水
嘀答,嘀答……
直到祈愿被升起
穿透寺院尖顶上的
无尽苍穹

窗　　花

在山的框架里。石头
非石头。而更像是
一个人。谁想一直守在
原地,谁想一辈子
硬下去,谁想用伤疤
硌疼伤疤
在人的秩序里
人也非人。而是
石头。一个猎物
被不断打乱、排列、抽取
狙击者的目光

一直瞄准
银河上的星空
剥离水,剩下念
剥离肉,剩下鱼骨
剥离青丝,剩下白发
这神的工笔
对喜与悲的构筑
如此盛大
塌陷也是

山　神　庙

山神隐居在深山，从不
轻易在人间走动。山神在成为神之前
他的人形
头像，素描在
去皮的树干上。而后正襟危坐，被请进
庙宇。一点点
在众生的心里站起来
像无所不能的巨人
多少年了。神庙
随败随修。而上山的石阶
仍坚持一步一个脚印

只是上面的苔藓
连个微小的颗粒，都没能
留下。山脚下那些
摇曳的草，依旧卑微地摇曳。像我的
父老乡亲。每遇到
天灾人祸，他们就会
不由自主，把双手伸平
再紧紧地
合在胸口

与萨满对话

时光,屋宇。都随你老了
塞满旧物、药盒与皱纹
风始终留在半空
掌心如佛
叶脉半升半落
一剂民间的偏方
亦解不开万物之谜
流水的倒影里
她说她看到了
密布的针眼。每个针眼之上
都顶着众生

与生俱来的钟鸣
她说人与神，都是尘埃的一部分
一边飞翔一边
剥开皮肉，像剥除粽子叶
只有精神，才会疼痛
如纸里的火
被遥寄，从雁阵到雁阵
一瞬即是一生

鱼　肋

从喉咙里
取出鱼的肋骨，动用了
医生、手术刀和伤口
托盘里，它那么安静
带着我的血
整个上午，我都在
不停问自己
我是谁？我又是谁的肋骨？
我卡住了谁的喉咙？
窗外的雾霾，那些
寒光闪闪的颗粒

多像天空
对我举起的手术刀
而一会儿,我将带着
谁的血,被丢到托盘里?
那么安静

存　　在

石头，垒起峭壁
又在另一侧，铺下斜坡
可供抵达山顶
阳光、水和路途
围着山的内部和外部
穿起循环
车流、人流、红与绿的秩序
在山脚，搭建烟火
万物谨慎地行走
存在是必要的，又都可以
被忽略。如教堂的塔尖

指向天空
阴与晴,都一样
你在与不在
都一样

篝　火　夜

请允许我盛装。把白银纳漫长的夜寂
认真默诵一遍。而后驱车,用
一盏茶的时间,赶到呼玛河口
那里的篝火
已经点燃。在鳞状的水面
忧伤的萨满调
随着波纹,向远处飘散
一棵老树的枝干
究竟埋了多少灰烬
一个人内心的孤独

究竟有多深。我该使用
怎样的道具,才能够让歌舞更慢
让白对黑的刺痛更钻心
请允许我忍住泪水,用一盏茶的时间
完成对一个民族,从今至古的穿越
再用一生
把原始的火种
这族人最后的骄傲
原原本本
递还给黎明

玫瑰之毒

玫瑰是有毒的。捧在
手心的玫瑰
毒性最强

玫瑰折断时,就像火车
经过
每一次震感,都伴着
锥心的疼
玫瑰倒下的瞬间
相爱的人伸出手,推开
彼此

你知道吗,玫瑰枯萎
比开花更辽阔

浩荡，或者摇曳

风起，云涌。闪电是蜷在
白银纳嘴边的手。擦亮
我最柔软的城池
而后是雷，撕破声带
扯出黄昏长长的尾音
路的尽头，瓜果和枝丫的依偎
是那么紧密
一直弯向心的深处
那箭镞，那舍利，那晶莹
被隐在窗后的眼噙着
从纤细到倾盆

而簌簌垂下的,哪里还是雨
是你柳叶般
抖动的眉梢。或是年轮
洗净铅华后的
浩荡

在，与不在

无休止地被路摇晃
从东到西，再
从南向北。只有影子
是忠诚的，被前途的光
反复压弯，抻直
只有身体是忠诚的
像日历，一页页地翻过
从今天到明天，从出升
到垂暮。只有雨声
是忠诚的，时而零星
时而滂沱。它一直

都在，不在外面
就在心里

雪下了一阵儿,就去了外地

雪下了一阵儿,就去了
外地。只留下彻骨的白
从此处向彼处。铺开一张
与生活等长等宽的纸

所有的墨迹,有形的
——那些绿了又黄
黄了又绿的荒草
苦难和贫穷。那些被天灾和人祸
反复清洗的喜与悲
都被遮盖。无形的——

家长里短的闲
柴米油盐的碎
鸡鸣狗叫的尖……以及
在低处，深深的彷徨、挣扎
热爱与眷恋，仍旧在
无尽的风尘里奔波

冷啊。村庄使劲跺脚
嘴里吐出炊烟的香火
风的刃，在沧桑上
继续刻纹。村口的那棵树
紧紧地搂住自己的骨头
生怕悬空的命，跟随雪
一声不吭地，去了外地

老　　了

森林，山路，溪水是过去的
阳光和花瓣也是过去的
而我已不再是过去的了
我已经老了，但我要把它们
都留在那里

老了，再也扛不动犁
驮不动命。老了，就喜欢
把思想安在童谣里。就喜欢默默地，怀念流水
——那些用山水
和青草写下的诗行

就喜欢,跟随风
一直向右,看
在风中慢慢摇晃的叶片
看着它们一片片落下来
落下来。落在我生命的左侧

雕

天亮之前，他静静地回到
自己。都市的风
牵引着黑色的履痕
他的手，缓慢地移动
两个人的血液，在血管里
加速流动。两个人的心跳
挨得那么近
灵魂的碎屑，一部分
随风飘散。一部分
在夹缝中
愈陷愈深

他留意着,刀锋中闪亮的部分
赋予石头光的棱角
曲线的生命
他握刀的姿势
稳健而有力。细细地雕
眼神的激情,以及
血液的硬度

一　分　钟

如果可以，我想静静地回忆
一分钟。丛林开阔
晓雾将歇。树上没有叶子
因此不会有鸟鸣
没有雪白的羊群，也就没有青草
我想，就这么静静地深思
一分钟。我是如此微小
小至一粒尘。我只爱风
天空和大地。我只爱你
如果可以，我想静静地想你
一分钟。仅仅一分钟

不能多也不要少。让我回到从前
看到你面朝我的背影
默默的脸

游园不值

想你,用剪刀裁开
春风,用皱纹亲吻皱纹
想你,把桦树皮折成圆形
让原始的贫瘠在里面
纵马,咬疼牙关
想你,穿针引线。表情安详细腻
缝起白银纳世袭的草木
想你,风箱一样咳
佝偻起体内的山水
头弯向大地,一个劲地叩拜
想你安静地走出去

在园子里消失

只剩下一缕轻轻的门声，只剩下阶前

被苍苔掩住的屐齿

只剩下那只桦皮盒

穿越时空，如一只按捺不住的红杏

调皮地把头探到

民族的墙外

母　亲

二十年前，鸡鸭成群
十米
之内，都是你的皇宫。晓之
以理
动之以情
十年前
你把战场，移到村口
千里之内，都是
心的
荒凉。那么多飞走的
鸡鸭，纷纷构筑

新的宫墙

忙啊,忙啊

没有一只属于你

苦于光阴的困顿

你更像一个忠实的囚徒

铁了心似的,欲把一世的

孤苦坐穿

渴

将细碎叠成呼喊状
把中年举高。你睡去。风还醒着
万物被捆绑,从开始
走向结局。就像一张纸的命运
是舒展还是揉碎
镜子并不是生来站在那儿
因现实而拒绝回忆
地平线依然那么颠簸
凸处被铲平,凹处
却不会很快被填充
你睡去,茧从蛹中剥离

而身后的杯子,至死都带着
与生俱来的渴

中　秋　月

一杯酒不够。至少
得三杯。一杯,面色
潮红
二杯诗意微醺
三杯如梦
是风一杯
一杯,把月亮送上
山顶。只可惜
悬崖已关,若不然
清冷的光,抵达

千里之外的乡音
仅有一纵身的距离

一　　生

前半生,你要写出
路的长
缠绕与弯曲。你要在
途经的路上
放置马,沉重的鼻息
和驰骋的烟尘
你要让烟尘
在你的眼眶里,长久地
滚动,但不会
溅出来

后半生,你要循着
纸上的墨迹。找到路。找到
牵马的人
让他为你,点燃心灯。逐个穿起
每粒烟尘里
埋藏的伏笔

桦　皮　船

在白银纳，桦皮船是
古典音符在
现代琴弦里的凄美冲浪

在白银纳，坐上桦皮船
不为狩猎，不为观光。而是
用心灵触碰心灵。用原始
穿越原始，用疼痛
引燃疼痛

在白银纳,桦皮船
把自己磨得箭一样快,穿透
时空和世事。驮着璀璨的
民俗,驮着举世的惊讶
也驮着白桦树,半截
跳跃的尸骨

萨满的皱纹

她独自站在树下
仰着头,额上的皱纹
像待寄出的山河的草纸

枝头微颤。时光飞来又飞走
这是白银纳
唯一懂得羞涩之痛的白桦树

阳光虚席以待
驮着醒目的符号
并投下阴晴不定的树荫

而山林里,枝叶横行
繁花落草为寇。治愈
自身的顽疾,所需要的

并不是神
她站在树下,仰着头
拨开空枝上的辽阔

无须施法。石头落在波纹里
像跌宕的历史,犁开了地平线上
第八十一个春天

吉雅希广场

需要先排列出
一些民族必要的
元素:祥云,森林和马匹
把步道砖的颜色,调匀,并
挨在一起,像树木
临着岩石。夹缝
用时间的混合土填充
水的暗纹顺着额头,落下来。花草之间
消失的樟松,野鹿
撮罗子,摇篮
在平面上一点点复活

风轻轻吹动着旗杆。一个人走过去
回头看看。很多人走过去
回头看看
越来越小的背影像积木
缩在历史的褶皱里
好像从未拼接也从未
被抽取

我总是忍不住回头

我总是忍不住回头
看土地捧出的山水,舒展而
壮美。看我住过的屋檐
走过的路
余温尚在舌尖回旋
每回一次头,时光
就在头上,掉落几根
但我还是忍不住
因为我怕,那些如云的回忆
风一吹,就散了
怕我经历过的幸福

说不见就不见了

我更怕,走得太快

一恍惚,便走到了尽头